U0550771

阿修羅時間

王兆基

目次

輯三｜喪家犬

輯四｜火石報告

輯五｜世音電光

後記

好評推薦

周漢輝（詩人）
孫梓評（詩人）
曹疏影（詩人）
曹馭博（詩人）
梁莉姿（作家）
飲江（詩人）
黃裕邦（詩人）
鍾國強（詩人）
鴻鴻（詩人）
關天林（詩人）

——誠摯推薦

●詩人孫梓評：

王兆基以極好的技術「種植香港」（…）梵語中，阿修羅乃「賦予生命的人」。我相信，非自願的「阿修羅時間」，也是一段給生命以生命的時間。時間會過去，詩會留下來。

●詩人曹疏影：

王兆基的詩作發掘了香港場域的感官性，氣味、質感、粵語片段與典故被他拈來。在他筆下，四散的歷史、城市特有的思想資源，與逃逸的現實，各有其位，而他的敏感，每每自表面游弋之進入意識的潛泳。城市的怨氣於其間化為生機。他是其間的把控者，也是種植的人。

●作家梁莉姿：

讀兆基的詩，最迷人的終究是那些突如其來的句子斷裂——以為絕嶺，墜下去，必得粉身碎骨，筆鋒一收，唔驚，未死得，竟在下句踮躍到另一幀風景，另一段記憶，另一句無厘頭的話語，藝高人膽大。這是詩人的聰慧，也是只有詩歌才能轉身鑽入的縫隙。

在暴力與流變之中，身體與記憶不斷重構；面對歷史傷痕與當下焦慮，《阿修羅時間》如一尾靈動的舌頭，時而清脆咂彈，時而輕舐傷口，最讓我驚喜的，是一切輾轉之後，最深的底色，還是原鄉的音韻，帶著塵土與歌謠輕輕回盪。

●詩人鍾國強：

兆基游刃於詩力的張弛之間，竭盡心神煉字煉句，常有更易詞性、拆字衍義之筆，也不時在斷句跨行上別出心裁，力求不流於俗，務以鮮異之姿示人；他又嘗試圖象詩、散文詩、粵語入詩等等，可見他不甘於其詩只囿於一種面貌，也不希望它們那麼快便被「定型」。再者，他的詩所關注的，還不時廣被眾生，深挖歷史源流，撫掩社會傷口，即使形格勢禁，也還孜孜探掘種種方法尋覓出口。這無乃是一種敢於嘗試，敢於犯錯，認定詰屈不馴總比圓熟乖巧優勝得多的「少年的詩」。

●詩人關天林：

船體般的意志，闖進瓦解如浪的街巷中，發出風吹金屬的聲響。混雜著詛咒、謠歌、招魂與禱告，王兆基在第一本詩集就展現了在橫風中敲擊語言、煉象鑄意的駕馭力，每字每句都傾訴著與這城市相抗又相守的意氣。

推薦序

如果菩薩是一名戰地記者

——讀《阿修羅時間》

文／孫梓評（詩人）

大疫期間，各種飛行成本增加，閉居過日子的方式，包括不定時點開 Mill MILK 頻道，窺看他人「七百萬種生活」：大嶼山採摘高甜度黃皮農家，不租屋不買樓酒店遊牧族，彷彿避世的蒲台島見習島民，「香港地生，香港地活」，偶爾，讀到那些藏在影片末尾的意在言外，不免眼濕濕。當抗爭運動被迫按停，對香港的感情更加注入早已默默茁生多年的在地與本土，此書也帶領讀者以各種方式巡行大利島，馬鞍山，元崗村，牛頭角，砵蘭街……總是又一次驚訝地想，香港真大啊。而原為強調人與環境共好的「身土不二」，現身詩集輯一名稱僅餘「身土不」，於是暗忖，這是二減為一，還是一前往二的途中？

無論如何，王兆基都以極好的技術「種植香港」*。多首鑲嵌具實地名的詩，有自然與地理的線條，也有簡史與人物的輪廓，但最終要借來寄託的，仍是「我」所目所觸所感所悟。看他魔術般挪動名詞替換，使狀態有了層層推移，在禽鳥與夜晚與唱針之間，在礦洞與山體與蛛網之間，在鋒利電鋸與攔腰砍斷的樹幹與集結的樹葉之間，既是一幅幅寫意寫生，又是絕佳詩歌意見。做為現代詩的信徒，很大程度能在這些篇章得到說服與滿足。對話本土的企圖，當然還包括每一輯都可見的粵語入詩，一方面致敬書中出現的「飲江叔叔」如何鑿破雅俗之限，一方面沒忘記擴張口語的腹地，比如被「丟」來「丟」去的〈家當〉。

儘管書中不乏佛教典故或用語：六因，如露，淨土，觀自在，阿修羅，如是我聞……我是不相信此中真有六根清淨的追求。與鄒佑昇寫羅睺或造像量度經或其他「對不可觀察者的觀察」有異，王兆基所造的寶塔更近於鯨向海樂於參拜的大雄，在裸體的肉地，故鄉只是虛掩。那麼，現於輯二名的「液菩薩」亦可能是一尊液態的、Be Water 的肉身——哪一種水？水乳？魚水？水月？花火燃盡時，「因講了出來／我們無花果」。此處絕妙融混 My Little Airport和因果論，卻非異熟果、等流果、增上果、士用果、離系果，實在不能喜歡更多。同樣讓「憂傷的嫖客」登場的，還有〈波特蘭音樂家〉，（如今確實黯淡不少的）招牌闌珊處，看那些寄寓深沉但樂音輕騎的雙關，如何使「故鄉」又一次開張。

與輯二相仿，較貼靠自身的還有輯三「喪家犬」，一如字面所示，「死亡是一場／不能拒絕的面試」，我們都曾跟隨默默步入考場。此輯寫及母親溫柔，父病，一離世女性長輩（想是阿嬤），有些說話雖慢了十年，不減悼亡真摯，「原來火化的是我」。然而字有破音，《論語》中喪家犬形象，李零詮釋為知識分子的宿命，是「任何懷抱理想，在現實世界找不到精神家園的人」。以此來讀無話可說的父子與露宿者對照、「人皆有阿爺」的嘲諷、借李逵血氣形象一吐憤慨，便知道，那實非僅是無家可歸的恓惶，而是覆巢之下的哀歌。

哀歌未盡。有時高音尖銳，有時敘述工整，有些典故可循，有些則屬私人，輯四「火石報告」，火石乃距離地表不算太深的沉積岩，可知距離事件噴發未遠，此輯登場動物不少，有鯨有鵝，有魚有貓，有狼有狗，物傷其類。我留意到部分詩作後頭標誌時間，那很關鍵：葵青碼頭工潮十年，海上浮屍無可疑，新聞媒體遭搜捕停運，每走幾步就遇上紀念日，這些都看見了，經歷了，咀嚼了，三界無安，眾苦充滿，寫詩或許無用，卻是喉嚨保有野性的解方。當「碩鼠咬你／夢漫長似一則IG」，野性之必要：只有一種聲腔是不滿足的，還要嘻笑，還要怒罵，還要控訴，還要低迴。於是在熟練的抒情與別無選擇的戲謔之外，出現了近年罕得的圖象詩。

香港已成霧島。倘若置身中谷芙二子《霧的雕刻》，不可能不想起那些街上瀰漫的催淚彈煙霧，有人仍受困其中。「菩薩在火海裡游泳／像一個戰地記者」，如果菩薩是一名戰地記者，會發來怎樣的即時報導？告訴我們：三本詩集因故下架，有人被取消名字代替以號碼，有人持續接受雨水的空襲，有人像貨幣一樣貶值更低。他會否也說，「穿上夜像穿上囚衣／背負阿修羅之名／上帝與利維坦／兩者都要同時擊殺」，因為，見佛殺佛？或者，他會發來一封又一封長長的電報，彷彿輯五「世音電光」，聆聽各種類哭泣，獻上永不削薄的慈悲，這當也是詩人的任務？阿修羅是這樣煉成的。

十數年前，曾得見奈良興福寺所藏，一百五十三公分高，三面六臂阿修羅像，與其他阿修羅猙獰皆目不同，乃一翩翩美少年。我與阿修羅對望，心中數算，誕生於奈良時代的這尊漆造立像，或與李白的詩年齡相仿，忽然有些顫動。時代會過去，詩會留下來。梵語中，阿修羅乃「賦予生命的人」。我相信，非自願的「阿修羅時間」，也是一段給生命以生命的時間。時間會過去，詩會留下來。

＊編注：語出《種植香港》（https://www.plantinghk.com/）雜誌，其成員皆是義務參與，每期內容從農業本源出發，延伸探討土地、文化、政策、經濟發展等議題，藉由書寫香港人的故事，讓更多人認識農業。除雜誌發行外，亦與小農合作，推廣、販售在地蔬菜。

推薦序

少年的詩

——讀王兆基《阿修羅時間》

文／鍾國強（詩人）

讀王兆基的詩，很容易就讀出字裡行間的苦吟心力和種種面對現實的掙扎。他的詩，在隨外物宛轉之餘，也不時見出其內在的，與之徘徊的少年詩心。

我喜歡詩集第一輯「身土不」，裡面有很多不落俗套的意象異想，如「鳥喙一般的手拆穿／稻田中生長的雲」、「樹枝過於鋒利／像城市頭上的緩刑」、「島不過是更孤獨的石頭／難以從地圖抽身」等等。但最讓我格外留神的，還是詩中或明或暗透顯的，關於詩和語言的種種想像牽連，而這，很多時都是極其自然地融入他在訴說的外在事物中。比如〈坪洲之歌〉這一節：

船體的溫柔
一艘艘撞入我的訪客
言說是木瓜樹的
果實未熟，或者風
它的種子在塔香之間
的冥想狀態

我所期許的「少年」的詩，在我看來，就如「未熟」的「果實」，它的好處正是「未熟」——誰愛讀那些一切已可預期的，甚至流於油滑的卻美稱為「圓熟」的詩呢？未成「風」前，一切都是「種子」，而這些「種子」且留在「塔香之間的冥想狀態」，一切尚未定型，這便很好。即如船體的「溫柔」，並非必然排斥詩人用上「撞」這種比較硬朗的詞。這詩收結還有這麼一段：

樹冠跌落的微笑
讀詩如偶然的船期
接近我的碼頭
或者不

讀詩也如寫詩，很多時確然是一種「偶然」的交會。少年的詩，有時會錯過，有時會抵達。讀著王兆基詩集中的種種苦吟之餘，也很高興讀到這一段。

我也很喜歡第三輯「喪家犬」，第一首〈明渠〉即讓我眼前一亮：

公園裡掉漆的老翁
與長椅為伴
鴿子在旁如聽眾
麵包碎及舊事

撕裂每一次都不同形狀
城門河回到他的起源
水流在明渠的兩壁中
節衣縮食，如光的針線
穿過椅面的孔洞

這是詩的開首第一段，起首「掉漆」的形容由「長椅」置換給「老翁」，已見功力；之後鋪排，俱見穿針引線的緜密伏筆。詩中貫串的那場「面試」，既可看作人生際遇的隱喻，也可視為是目下社會的縮影：「為什麼要離開」、「一條無明的明渠」……讀來確然讓人深思。

但這輯寫得最好的，也可能是全集中寫得最好的詩，要算是兩首〈井〉詩。第一首〈井——我們〉借「井」形的字行排列（也可算是圖象詩吧），以「我」和「他」對照，寫出父子兩代各自的經歷和理念行為的衝突：

我在火水裡誕生　　他練習比喻死——比喻暴民為昆蟲
　我不想寫詩了　　他繼續在門口放一條燃燒的狗咬我們

這是較「顯」的兩行。其他的詩行，不無父子重像的推想。然則父子是完全南轅北轍呢還是有所疊影，就像不能避免的種族與文化同源（所以詩題上署「我們」）？到了詩的「井底」，詩人在「根源」部分毅然祭出這三句：

快要枯竭　　　快要挖到體內的詞源
快了我沒有後代沒有致後代的詩
　　有鮮榨黑牛奶的產地

向內抵達根源，也同時是枯竭之時。是以詩人在種族和文化傳承兩方面祭出了兩個「沒有」，「有」的只是「鮮榨黑牛奶的產地」。

另一首〈井〉詩是〈井——他們體內有旱災〉。這是一首散文詩，全詩三段，俱環繞外在與內在的「乾旱」而寫。此詩置中一句「我與楊耀記的鬼們往井裡拋石板」，楊耀記與歌賦街，當然有歷史指涉，煉鋼、樹皮與浮屍亦然，面對歷史與當下時世的陰魂野鬼，人的境況，就如「旱井一樣沉默，擲下石頭沒有回聲」（呼應首句）。而詩中所言之「父親」，或許正如「井」一樣，代表著一種「源流」與「族譜」。詩的最後收結，可能是全詩寫得最有力，也最精采的一段：

> 鬼在樓上，揚起灰調的琴聲，歌賦街，每逢六月，你罹患眼疾，如沙漠的井，每一頭駱駝襲擊著，襲擊著，想喝你血源中，仙人掌的詞語。

王兆基在這本詩集裡，作了許多嘗試：他游刃於詩力的張弛之間，竭盡心神煉字煉句，常有更易詞性、拆字衍義之筆，也不時在斷句跨行上別出心裁，力求不流於俗，務以鮮異之姿示人；他又嘗試圖象詩、散文詩、粵語入詩等等，可見他不甘於其詩只囿於一種面貌，也不希望它們那麼快便被「定型」。再者，他的詩所關注的，還不時廣被眾生，深挖歷史源流，撫掩社會傷口，即使形格勢禁，也還孜孜探掘種種方法尋覓出口。這無乃是一種敢於嘗試，敢於犯錯，認定詰屈不馴總比圓熟乖巧優勝得多的「少年的詩」——這非以年齡（或詩齡）界定；而「少作」也因此而另闢新的意涵。

二〇二五・四・十六

身土不

大利島——給 V

石頭漂染海的臉色
漁竿與橋
伸向未知的聲音
直昇機從枝頭降落
堤壩　松樹　鞦韆　鳥　飛上
事物有著落　可以投降
我一無所有

另一種光的聲音在移動
船體吞嚥著濁酒
滑動的喉音
吟釀海浪
船底比表面深刻
如唱針一接洽黑暗之歌
忘卻金屬的本體

你在碼頭說我的詩

旗影般沉重
我曾嘗試所有夜
像鳥　　　　　鳴
在枝頭不翼而飛

坪洲之歌

海傍膠椅上
無聲黏著的老人
灰窰廠牆身一般剝落
健朗的膚色
石灰不來自石
採集蠔殼的工人
花費多年，為了燒製
我身上的遺跡

船體的溫柔
一艘艘撞入我的訪客
言說是木瓜樹的
果實未熟，或者風
它的種子在塔香之間
的冥想狀態

0.97 平方公里

——島不過是更孤獨的石頭
難以從地圖抽身

像海子的島
如何渡輪般在人海流亡
不失根據
掌握自己的質量
座標與遺傳父親的地形
莊子的答案
煮石吧。

樹冠跌落的微笑
讀詩如偶然的船期
接近我的碼頭
或者不

訪馬鞍山村禮拜堂：殺山

採坑裸露
瘀血像杜鵑的河流
開放在山脊

所有礦工的雜草
所有雜草收藏的命硬
風軟弱
礦山軟弱
十字架軟弱
炮仗與火藥
只是愛與不愛
節慶與死亡的分別

上主的手掌
一種沉積岩
沉積運動的內傷
你可以鐵釘般

貼入石皮
俯聽胸底的回聲
磁鐵礦的片面之詞
曾是岩漿之詩曾是流體
瘀血然後變質
小歷史的坑道岔路
礦洞如山的喉嚨：
我有被深入的權利

那座禮拜堂
牆身混合著土壤
與岩石的旨意
祈禱像蜘蛛吐出
山體的憂傷：
我有被火藥粉碎的權利
骨與肉在推斗上
滑向戰爭與太平洋

而家庭的憂傷
或大於我的四十種礦物

石碑命名死亡
以甚麼命名石之死亡

年輕的蜘蛛寫手
日光下遊走我的外在
客製化礦道
詩行是一張蛛網
你們有拘捕我的權利
那些黑蝶
那些如傷的石粉

二〇二二・九・十七

後記：我們在位於馬鞍山礦村的「鞍山探索館」（前身是恩光堂），了解馬鞍山鐵礦場的歷史。探索館工作人員帶領我們，抵達當年鐵礦場的其一入口處。

再訪馬鞍山村禮拜堂：觀肉

一如瘦削者
瘦削岩石不被理解的意義
寮屋的金屬中
唐狗的吠音摩擦
攪礦機如世界持續
不愛與愛的問題
在體內運作

山體滑塌的雜草
泥石與肉塊會再生
在我的思想之中
黃蜂針般致力
於一種有形的不甜蜜意識
青簡中永恆的毒性攻擊
憑藉光速飛越兩棵樹之間的影子
尖銳在裡面，也在上面
如十字架在樹裡生長

也在樹的手臂上釘合自我
經文瘦削的四條書線
一如世界，一如詩
一如面孔，一如力量

物之死嬰時期
分娩我岩石的意義
凡是瘦削、摩擦甚至美學論
不如羅丹在渾水般
的岩肉裡觀魚
不游的游
思想在石中
雕塑學徒翻譯字面
而觀物如我者
觀我如物者
一如世界，一如詩
一如面孔，一如力量

二〇二四・十二・五

正午在元崗村稻田

我們學習如何拔出
水底隱匿的雜草
汗液如晴空的一件衣物
披在背脊，農人伏腰
鳥喙一般的手拆穿
稻田中生長的雲
挖掘幾株雜草
群眾與瑣碎之事
超市在星期三降價

八月的稻稈比雲略高
如一個三歲幼童
踏入泳池
適應水的不流動
雲的流動

我的腳秧插

在水中的雲海
腳心與憂鬱的泥淖攪拌
一部分我沉積於土地裡
如按摩師傅的手勢
感受自己陌生的肌理
另一部分高於水面
彷彿田野
未熟的瘦金體
向世界默示
如幼童涉水

蟬聲如八月的哨子
種子選手躍下
第二造米
在上帝的泳池中
需要幾個月抵達池壁

有時福壽螺
野豬母女與暴雨
比烈日更蒸化所有泳手

至於一造詩人的工序
美好的事物
要視為雜草拔出
只能等待。可能是六十個耶誕節
或者永遠在煙囪下
聲音在橡木裡燃燒
母火雞的膨脹
等待晚熟的詞
尚未誕生

鐮刃的集體
逐步收編稻穀
金黃的祕密與韻律

有時無需動手
許多稻稈
在中途捐棄根莖
自己的土壤
真菌般幽微生長的語言

而在書店，每一位饑荒的嘴唇
貨架上歷史的重量
不要捐棄米粒的路徑
即使暴力在星期三降價

二〇二二　一稿
二〇二四　修改

樹根誌

在颱風天
樹枝過於鋒利
像城市頭上的緩刑

工人提起，那日
提起電鋸如生活的重量
扭傷他們的腰部

不想提起，對於森林的
主腦而言：忍耐一陣子就好

畢竟這是黑暗過於樹蔭
行動過於鋒利
樹幹過於高尚的時代

樹葉在集結前
向清潔工人申請不

反對通知書

電鋸攔腰
忍耐一陣子就好
你還有上半身的詩
下半身的華沙時間

月亮係一頂帽

暗地寫俾兒子嘅
詩都要見阿仔
見眾生

眾生見佢哋
不見暗地同兒子
（甘地，跑馬地我就知）

月亮寫俾天空嘅詩
阿叔唔識翻譯
一舊雲
遮住月亮
你係尋日嘅雲
定係今日嘅薑蔥
魚雲　One City One Book
Two People One ?
——Wonderful

月亮係一頂帽
你除便是
阿叔咁話

二〇二二・十一・六

後記：聽「我城我書：阿叔咁話」講座，飲江叔叔與雄仔叔叔對談，走神而作。

液菩薩

騷潮

1

身體是低保真的唱片
早晨，慾望如雜音
醒來與播放
爭吵中：你的聲音錄入
生活的搖滾

2

金閣寺的倒影
乳房在不真實的河面
搖晃，你的船火
在我的影上游動

我的寶塔粗重
挺立，模糊如
倒影供奉白色的舍利子

3

離島如何接近
另一座離島的身體

語言像船
你的碼頭打開
向我
　　深入
　　　　隱喻般的地層
裸體的山
　　　　石頭像月亮
　　　　　　　　　滾落喉嚨

靜夜詩

1

雨落在我的舌頭
塞音鼻音平仄平
P T K To Be Water
My Man 與地球嘅 30%
Not To Be，To Be
Honest，我落
在雨的舌上
待雷暴如咒
大悲修辭我的閃縮
閃縮入屄
　　　　死亡的高潮
色即是天空
一陣微喜

雨落在床前，明月

像你裸體的閃光
疑是肉地，汗液如霜
我永遠在夢裡低頭
打開你——打開虛掩的
故鄉房門：我從你之中流出

2

陰色的唇在點一枝菸
混血而攪拌
我裡面和外面的皆燃燒

在菸灰缸的雙人床
我彈落自己
頭上白色的血

雨落在我的舌頭

如是默唸

不透光的暈

二〇二三・一

菩薩蠻

我們在河床上，在鹽
所缺乏的流動裡做。在山上
在霧氣在鏡子在浴室
透明地做，在草地
露水，與死亡的氣味中做

「當時年少春衫薄」
我們在時鐘的蝸牛裡做
在未來的軀殼外
在玫瑰園的風眼，在觀音的
蓮花下做。野蠻的

背影再也不做，像盲人
再也不愛任何鏡子
關於光的翻譯
我打開眼，便打開體內
的黑暗之處

行星經

肉體無量如菜籽
之於根
你是唯一的力學

鋸牙鉤爪
目光打開一億萬盞燈
須彌山上，羅刹
以「世」為飛行里數
夢遺的線條
火流星——

是底褲裡一場銀河的誤會
我誤會法器的形狀

注：「鋸牙鉤爪」出自清代紀曉嵐《閱微堂草記・卷三》，關於魏藻遇見羅刹一事。

食得飽無事做之行藝術展陣時

放咗個屁

我響學院派外面

有啲抽象

臭男人主義

如果你了解屁嘅歷史

一開始現實主義嘅口腔期

西班牙如刀攪拌

內戰持續到肛門

於是屁係色相，或空

係屙肚定 automatism

如是我聞

你望吓嗰條街

牛頭角的日出
都看厭。不如鋪開天台的
白雲，在上面寫詩

白燈、廣東歌與
露宿者，在夜的牧場
你是矛盾的
波動的千里馬
貝多芬的四重奏奔跑

你錯過了癌石的聲音
盧麒應跳的閘口
街道的正經事是
廣告燈牌，至於西裝
動物在動物園散步
路口走失了吳小姐
介乎旺角與法國的煙霧

往宇宙商場漂流
那年落成的事物
一一黑洞

鄉愁的遊客
世界陌生得像地磚
如初完好，只是兩種顏色
列印歷史的足跡

多年後，成、住、壞、空
花束みたいな恋をした
（每次做愛都是最後一期花火）

暗光坐在卡位
窗邊的臉龐
因講了出來
我們無花果，告別

像地上的光點

二〇二二・十・二十二

波特蘭音樂家

1

文明里不明文規定
知音難尋，解詩免問

唐樓音樂學校
指壓簫孔——
秒速五釐米
你如初學牧童笛
離鳩譜

2

芒草白企
波特蘭的曠野
旺角曾經滄海
新塡地

轉角投注站
直播騎師待出閘
金槍六十

3

燈色驚濤洶湧
候鳥單程證如街燈
日光下白企

樓底白頭
鵯梭巡幾程
檢查電力
詢問音樂的匯率

私竇笙樂課
龍頭貼近石塘咀

合唱涼風有信

喉音燙印：唯一的郵票

火車過床板

胭脂一扣

再扣白膠漿

官人我又

萬宜水

4

金麗宮，如豹的時間

從此君王不早朝

5

招牌闌珊處

阿伯少小離家

老大回歸波特蘭

鄉音無改，國是免問

佔領佢個西環

一對碼頭如此豐滿

上岸定沉船

枯藤老樹

斷腸人在廣華

二〇二三・六・二十三

注：砵蘭街英文為「Portland Street」。

宇宙係一塊濕潤嘅黑洞

|
|
|
＼　／
賽
先生嘅
火
箭

（丟那星）

一條嘢 CV

儒家褲

真理褲

李公公沒有

掌握你嘅分寸

他曰非禮勿視勿要除褲揮動你　洋　洋

他曰非禮勿詩勿要除褲揮動你　灑　灑

詞語係一條孖

煙通你一時

無所一

時遁形

天體會議

你徵集一首身體自主的詩
我的頭骨不由自主地撞向性別的囚室
「為何要我應試般勃起主旨」
比古老的火焰更醜陋

乳頭在晚霞的衣服下
指向夜的潮濕
你可以捨棄身體而
不捨棄身體的詩

從喉嚨的隧道中
徵集語言
而我的列車是閃電
象牙塔沒有那種措施預防我
把六月卸下

報紙戰鬥著觀自在的性別

詩容納他她祂它
它的寺廟而無他她
七律、自由體、陌生化只是一種容器
我嘗試，連接淨土的內聯網
偷渡到極樂的腦海
此前，不應「嘗試」
及有「應」的觀念
正如天空不說破星體的會議

喪家犬

明渠

公園裡掉漆的老翁
與長椅為伴
鴿子在旁如聽眾
麵包碎及舊事
撕裂每一次都不同形狀
城門河回到他的起源
水流在明渠的兩壁中
節衣縮食，如光的針線
穿過椅面的孔洞

折入海洋的門檻面試
在人事部，你決定撕裂自己
把源流印為一張履歷表
年份學歷技能，對答如流
面上也有兩壁的口罩
一壁是言說的對象
一壁是腹裡的詞語

面試官問你
「為什麼要離開」
你拒絕回答，途中
你想像死亡是一場
不能拒絕的面試
以甚麼臉孔訪問你
背光的鴿或是麵包碎
一切有邊緣的黑暗飛撲向你
擁抱你，如飛撲聲
不能拒絕被羽毛佔據
你的履歷印在身後

回到公園，老翁已離開
彷彿未曾來過
地上拼圖的麵包
群鴿向渠道投下陰影
矩陣網住你，網隙裡的

童年在兩壁裡比影子更稀薄
一條無明的明渠
在水泥的阻擋物裡
旱季低懸，折身
體系的兩壁之間
不清淨地
你與你流動的中年對峙

生滾粥

病中，夢見母親搖著
一舟輕米，吹涼了
湯匙裡的火災，帶我渡江
離開岸上：高燒的太陽
便與疫年沉睡在碗底

在粥店，湯匙想起那些軟爛的日子
另一個碼頭在滑出來
溫度像湯匙的兩面
接近卻隔著一家人

軟粥在匙底，或匙中
日子還是軟爛下去
方便喉嚨把生活吞嚥
而父親今天又加熱了他的苛責
我照常在外吃粥，回家對著牆壁
練習像夜空一樣沉默

練習不燙傷他人的言語

不想別人聞到自己像軟粥
放棄堅強的形狀度日
而中年像一條江水
風箏的速度抵達
「粥既快美」
我的泳術不如
踏破芒鞋的美食家
租來的房間
無法消化家事
霧與軟爛的日子
而我的形狀在人海彷彿
曾經也金黃地站在風中
敲擊風聲

二〇二三・三

一座

房子本來有兩座牆
一座黑實的鋼筋
一座街市的皮膚

一座豬骨湯
一座蓮藕花生湯總放太多吟吟沉沉

一座遙遠與擠壓
一座貼身與遺忘我

一座爛舌帶粵西口音
一座清晰的回音求我回家

一座在深夜回來
一座離去　在我的深夜

一座退潮
一座便如蟹的現身
離婚紙原來是
一座的招潮
拆卸一座如儀的早餐

房子本來有兩座
兩座牆

假牙

飯後，你像一尾魚
被傭人翻到輪椅
我輕易打開鐵閘
而話語難以穿越我們
菱形鐵花般的空隙

你在輪椅上，走得比我遠
賣豬仔的舊移民，九七前
嫁給一個殖民地翻了身
九七後，我未寫詩，還未明白
中風者的語言——《黑色明信片》

在公園，我們對話無多
你像鹹魚曬著太陽
少年的耐性已飯焦，粒粒分明
你有時站立，有時學習行走
像幼鳥般第一次拍打氣流

幾年後，你又翻了身
翻去某個高於樹枝的地方
走得比我更遠

想起某日我誤讀
傭人清洗你的裸體
乳房乾癟，像湯裡的番茄皮
下垂著，假牙在膠盒裡
你總是羅宋湯
蒸一尾如你擱淺的魚

與父親的另一個飯後
我難以啓齒：是否要拜訪你
那日你所剩無幾
在火化場我面無表情
如同銀色的機器，現在才明白
我像深圳河的支流面無表情

沒有假牙咀嚼你的故事

後來我在同一房間
仰望你的天花板，也許如此
如此接近中風的姿態
目光老化得像你的摺紙成品
——拆開我們沉默的摺痕
體會明信片的黑色
透明如你的串珠
那些父親囑令我清理的物件

如今假牙不用清洗了
另一場瘟疫，聲音所剩無幾
把詞語與傷吞嚥
我使用真實的假牙
咀嚼上司、戀人與復常
那些老掉牙的辭令

除了詩是一種特製牙齒
不尖銳的咀嚼
事物的梨核

少年被推到屯門的第一年
白鴿如遊客流行
新墟的古老叫賣聲
藥房的冷氣味總是阻街
屋邨球場，汗液般的記憶
與沉默應聲入網
你在樹蔭裡旁觀
我的上籃比落葉快
而我不知道：有些對話
還是慢了十年

二〇二三．給嫲嫲阿梅

石身

1

四月步行
老榕的影子開始喧譁
我翻到道教龕場的地址
翻越一道石檻
石上永遠的笑
翻閱她的籍她的貫

家具幾乎黑暗的深處
存放她親手摺疊
照料的紙花
已是晚年
皺褶一般的臉孔
紙花、花與身體的
真實是什麼？
如何放顏，如何保色

拆開，平放這紙花
接納她的手指滑走了
去接納空氣所有所無
翻閱碑上永遠流動著的視線
檀香一般插在
——我眼眶的土壤
石後的聲音粉碎
有孕婦在碑石前
燒一個句子

那日屯門，壓下按鈕與淚河
原來火化的是我
她從此年輕，安靜如煙
如風翻閱的舊報紙
沒有過期

回想某戶廚房的煙
在梢上飛昇
公園鎮日的霧裡
一隻紙鶴練習
如壁的鶴拳
她背靠輪椅
背靠推手的我
再陪我一次吧
在鳥聲的投置下散步
如老榕的氣根
如總路過的輕鐵
低眉震動
枕木與碎石
那是否她與我
喉道中待出發的聲音

2

三數煙香

骨瓷和泥

春風燒衣更薄

塵歸塵我歸於我

二〇二四

井——我們

我跳傘的時候　　父親從夢中醒來
我做愛的時候　　他在模仿我的姿勢
我學習一種手勢　　他學習一種手勢
我的年代需要隱喻　　他需要供認他的父親把石頭砸上去
我身邊許多流亡的星體　　他從那塊田到香港迫使我們成為星體
我在火水裡誕生　　他練習比喻死——比喻暴民為昆蟲
我不想寫詩了　　他繼續在門口放一條燃燒的狗咬我們
陌生化比他更熟習我　　他回到十四歲隱喻是廢品
我摺疊成井一般的物種　　他向寬大的事物敬禮
快要枯竭　　快要挖到體內的詞源
快了我沒有後代沒有致後代的詩
有鮮榨黑牛奶的產地

井——他們體內有旱災

我與楊耀記的鬼們往井裡拋石板

與父親停戰，你使用他萎縮如月的器官，釋放一條河，
檢驗報告膀胱癌，有時如海嘯遊行，有時你是井，打水
者在半夜掠現。井底的烏龜，頭顱隱匿於思想之中，
尿片像渴了七十餘年。鄉音在你的體內，腫脹成一道井
壁。飯桌上墊著一九五九年的報紙，你比煉鋼的煙氣更
瘦，樹皮如體脂早就被脫光了，老鼠與你，所有生物遇
見那顆煮熟的月亮餓得發慌。河上漂流的死者發福。

他使用你的鼻腔呼吸白霧，霧沒有自己的後代，聚攏與
消散之間，總會走失一部分白色，一部分回到家，
錯過晚餐，總是像旱井一樣沉默，擲下石頭沒有回聲，
倒頭就睡，在清晨又踏進霧中。他們是對方觸摸不到的
井壁，報紙語言是枯燥之物。井持有自己的源流與族譜，
往往根鬚般潛向山體。這年，你流光了一口井所能持
有的眼淚，祕密滲進壁泥。

鬼在樓上，揚起灰調的琴聲，歌賦街，每逢六月，你罹
患眼疾，如沙漠的井，每一頭駱駝襲擊著，襲擊著，想
喝你血源中，仙人掌的詞語。

家當——讀飲江〈人皆有上帝〉

1

人皆有上帝
唔信主，社會
下流你攞嚟嘅

康文、盾牌話
有鬼用
丟
你
清白之物到堆填區

官老爺
和解吖賠錢吖

黑白相頭說
有鬼用

賠嘅一百蚊
打小人多多都唔夠

條街
女皇攞
阿爺嚟
家當同條命
我攞嚟嘅
有污點但係證明

人皆有清白嘅浪頭
一秒係渡海之年

衰過牛頭馬面
執達吏日日攞命噉
重建你屋企嘅秩序

物皆有清白之人

2

有瓦遮頭嘅父子
無嘢講
心事露宿

無瓦遮頭
佢哋交換眼神
情感伸展如天橋嘅出口

唔好話人
無家

3

見到農地與菜園村

丟

你

落地

高鐵的震動

見到皇后嘅碼頭

丟

你

沙石掩埋歷史

見到雨傘

丟

你

天藍色嶺南水彩

見到土瓜灣茶記
丟
你
菠蘿包定土製（唔講得）
同胞勿食
六七年已經知
保持社交距離

人皆有阿爺
攞唔去，帶唔走

4

人皆有母語
李逵響街上揸起
詞語嘅板斧
劈一罐啤酒

三碗半牛腩麵

趁熱食，上路去

會一會京城嘅足球員

二〇二三

火石報告

鯨骨——悼西貢布氏鯨

深藍是孤獨的潛艇
巨大之物，海底奔向我

於是觀光的夜
機器聲如傷口群集而來
公園的方向是另一種陷阱
旁觀進食為樂的物種
活在影像之井
把海洋想像為泳池
泳池、槳與死亡同義

你寧願沒有讀者
沒有醫院治療
聲帶中未曝光的詩歌
「我哋係最後一代野性」
骨頭裡的水母

二〇二三．七．二十七

詠鵝

鵝鵝鵝
我食了
　　我　鳥　烏　灬　丶

鵝鵝鵝
紅掌撥清湯
烈火乾柴
六道之中
酷熱天氣警告
每隻燒鵝都曾經自由
曾經水鳳凰

夜釣魚缸

白髮在夜釣，西九海濱
眾船的燈火都老了
年輕時，有沒有隨著工潮拍岸
捲起千堆雪的閃光燈
我在博物館的博物下
蟻小如故：吊機上的魚餌
對於城市的輪船，濁水可以
向低下的地方漂流
螢黃的，比月亮腥膻的液體
集裝在水樽裡，隨著夜色升降
那個吊機手的兒子沉睡如雲
而他是一場未落更的雨

如今又到了魚木的季節
尚算燦爛，五月只有一日被取消
（不像七月取消更多的潮聲）
理由如大象懸空

擠於玻璃的吊櫃上
博物館一般靜置，與離地
而吊臂虛張，我們懷抱
比月色腥膻的時代
一種夜更動物
夜更何時結束或開始
我離開人潮的集散
如吊機手當值透明的
囚室，夜釣貨櫃
也被碼頭夜釣
透明的夜空浸在魚缸裡
他們以為困獸鬥
金魚沒有聲音
脊椎無力，菩薩故障

我甚麼地方也不去
在透光的貨櫃，夜釣海中

滾燙而陌生化的自己

二〇二三・四・二十六

記葵青碼頭工潮十年

昔日我問貓大士曰

如是，我聞的刺鼻
工作使我像催淚彈被投擲

霧化在街道，而世人欺謗辱笑輕賤騙
我們。日子在搖擺的，菩提樹下的

鳥影，辯論公義之必要，可答案
空空，我不解的禪機，掛在樹上向我淺笑

午睡後，寺廟的黑貓走來，以尾影掃地
嗅著我的落葉，及快要收成的六因

一炷香，從身體內叼走
陰影的果實，一條木魚

再待幾年的剎那
你且看祂肥肥白白

在樹下，轉動你
晃動像月亮的尾巴

蜥蜴園

夢境像蜥蜴
學習街上的膚色
步速，一張時間的輪椅
行走有時
只是為了使用膝頭
及跪低祈禱：我沒有跪低

電車纜上錄影的渡鴉
冬日系統監視著蜥蜴園
受刑的鐵樹
拒絕葉子的表情
把失語養成歷史的根部
伸展至地核
記憶的岩漿像神曲
包裹我的手足與龍蜥
要我告訴渡之章的詩人
祂的祕密

祂的瘦

行走有時
只是為了使用膝頭
不像被歷史推著的輪椅
而我斷裂的尾巴
在金鐘的天橋抬昇如煙霧
直至混入罌粟的人群
在他們的陰影裡坐下

行走有時
只是為了坐下
在公園而不是蜥蜴園
為了民謠而不
石頭地活著

少年游

我同維港擲公字
你有冇作嘔過
對大人

公就：並刀如水，女皇頭
字就：嘔出一個浪頭

浪裡有頭
頭裡有泳手！

唔係所有泳手
可以摩打腳
可以渡世
橫渡一條殘忍嘅年份
上魔鬼山做人

正如泥菩薩

正如渡輪
渡唔過水鬼嘅親暱

一種浸禮
禮成，水底俯聽我們

鯉魚門，頭七嗰日
岸上柒頭皮
飛霜，吳鹽勝雪

雪崩嘅聲音
——人海向前向後
困住自己
似過期菲林
好多暗礁嘅我
未曝光

遊客攝影

八月我依舊

同維港擲公字

二〇二三　悼亡

浮標

死因庭裁定女泳手

赤腳 97 與 46 之間

兩頭唔到岸

大地之歌

處世若大夢

簽署六月，你向地殼投遞
書信：第一封也是最後
一封的柔弱與沉重

紫騮嘶入落花去

白鷺的牆壁啄起芒草的
字跡，顏色像觀宗寺
佛陀的嘴唇，樓梯
堅持一種迴旋
迴旋，俯瞰
火爐的
咒語
你為血濃
於水所傷，完成
梧桐河的第九部
交響曲（深圳河的支流）

最後的音符，像水馬與鐵馬的
膨脹，飛翔的騎手，關閉鋼琴的眼睛
無法跨越，死亡是我們的路障也是貼身的裝備

之子期宿來

茶餐廳的人、課室的人、列車裡的人
我假裝我們一樣搖晃
如匙搖晃，確診日常
叮叮——恆指今日高開——請勿
跨越——孩子的國歌聲——奶茶溶化
——範文的白砂糖
我假裝我們一樣，專注自己的聲音
調性的蒼蠅，沒有聆聽過
你彈奏六月的尾音

問君何所之

你畢業了，不用再練習任何聲音

退出公屋梯間的音階，史特拉汶斯基的火鳥
一位不稱職的音節退出燃燒的
音列，我想像你遠超十二次
如死亡為你親手穿上觸地的芭蕾舞鞋
在上面刺繡血花
霧的樂團成群而來
保安伸縮的指揮棒練習我
編入街道的小調

坐啼墳上月
我只是翻譯李白的猿人
骨頭敲起大地之歌
關於仁與不仁的聲音
沒有明晰如琴鍵的路徑
無調性的臉孔
正燃燒物件
如木棉樹的花燄

街磚在五月後的枝條
盜火與偷花
每年想偷你回來
在高於枝條
高於公屋的地方
如點燃夜空的音節

二〇二二・六・二十九

注：《大地之歌》是奧地利猶太裔作曲家馬勒創作的交響曲，創作時間是一九〇八至〇九年，在《第八號交響曲》之後完成。

煙囪

玻璃赤裸的隱喻
一隻手掌拒絕
釘裝詞語，無可疑

它們只能在地下室
像那位泳手，停車場
逃逸的少年，懼怕力量的
力量。燃燒對方的菸頭：辨認
下一位遊街的彗星。分行是致癌物質
工匠曬乾語言的菸葉
粉碎、混合、發酵
選擇適合的菸紙捲起
螞蟻的咳嗽，在電視機以外
至於二手菸是一首詩
被煙囪朗誦的時候——
散文在健康的圖書館跑步
探射燈與購物天堂

分行有害健康
黑市裡，燃燒的詩人
以抽屜兌換對方的癌石

二〇二二

後記：嗅覺香港無法出版的一本詩選。

阿修羅時間

1

七月是比棉花輕的河流
比河沉重的果實

你攜帶河流行走
刷牙，工作與咀嚼事件
睡覺時飛翔
匿身於一代人的記憶沙漠

在告解室的車廂
搖晃沙丘
旁聽月亮的死亡
穿上夜像穿上囚衣
背負阿修羅之名
上帝與利維坦
兩者都要同時擊殺

如烏鴉潰散於它
影子的聲音

2

你的瀑流在火中
思想從原形到冷兵器
要神遊火海
才有形體，今天的
賦、賦格及物哀借給赤壁

有為法在閃電裡說話
如露亦如靜電
每個衣袖都有空虛
的可能，如夜壯大骨骼
如手臂揮出又折返

你縫製詞語，有時整年
只是為了一隻鈕釦
有時你的瀑流在火中
雨燒衣，鬼上身
萬物在找自己的位置
位置找自己的萬物

3

眾多油站的標槍時間
投擲向我
語言總會從書中的械劫脫身
擲迴萬物
動詞與影子
拒絕物的肉身
如火舌脫離太陽的嘴唇
火光脫掉生來為火的族譜

為臂上的冰袖脫罪
投擲后羿的臉

廟街

榕樹低眉
恆星在我的體外
自轉於六道

相士說：我的體內有一頭阿修羅
壞器世間
怒目於霧島
貪嗔痴
血腥的果子凝結在樹上
時代向我招手
隨之飄零
我有燃燒的雨夜
可以拋擲
衝擊菩薩的防線
蒸發寧靜且苦的海
在一座略大於宇宙的廟

逆風食菸

火舌翻譯了
許多不能說的在霧裡
八月最後一日，如菸頭短暫
地鐵站有人生還

衣紙和菸紙
一樣是風餵給詩人的晚餐
詞語之中如何挑選
命中月台的隕石
侏羅紀有速龍生還

暴民比塌樹更容易失去
影子，失去立場

而新聞，搵鬼信
四週年有鬼用

黑雨

1

法院如儀器，準確
錄得每小時裁決五人的雨量

2

五百年前：潘金蓮的水庫
未有流瀉與外遇
一遇梁山水塘的暴民
今晚打老虎

3

今晚打老虎
回答從石壁水塘的
建築物逾期寄出
渠道的職員
過濾那些硬頸的砂石

只有白露雨的暴力合法
只有長頸鹿在燃燒的水位以上
被高度設防

二〇二三・九・九

身份證

狼罩罩罩罩罩罩罩罩罩罩罩罩罩罩罩罩罩罩罩罩罩罩罩罩罩罩罩罩罩狗
罩　　　　　　　　　　　　　　　　　　　　　　　　　　　　罩
罩　　　　　　　　　　　　　　　　　　　　　　　　　　　　罩
罩　　　　　　　　　　　　　　　　　　　　　　　　　　　　罩
罩　　　　　　　　　　　　　　　　　　　　　　　　　　　　罩
罩　　　　　　　　　　　　　　口　　　　　　　　　　　　　罩
罩　　　　　　　　　　　　　　　　　　　　　　　　　　　　罩
罩　　　　　　　　　　　　　　　　　　　　　　　　　　　　罩　疫
罩　　　　　　　　　　　　　　　　　　　　　　　　　　　　罩
罩　　　　　　　　　　　　　　　　　　　　　　　　　　　　罩
罩　　　　　　　　　　　　　　　　　　　　　　　　　　　　罩
罩　　　　　　　　　　　　　　　　　　　　　　　　　　　　罩
狼罩罩罩罩罩罩罩罩罩罩罩罩罩罩罩罩罩罩罩罩罩罩罩罩罩罩罩罩罩狗

二〇二二・五・十一

開鎖

醫院外戰機對搖晃的產房說盤旋是
院　　　　　　　　　　　　　一
外　　　　　　　　　　　　　種
獵　　小歷史尚未開門　　　　放
槍　　　島上的廣播　　　　　下
對　　　對人群說　　　　　　業
獸　　　 對假面　　　　　　　火
皮　　　　　　　　　　　　　是
說　　　　　　　　　　　　　另
最　　　　　　　　　　　　　一
壞的日子尚未開門，阿修羅的火種

那

夜

你

笑　淚
得　如
像　碼
自　頭
己　的
的
喪
禮　　　　彈

限時靜態

Your Story 23h

大概陶瓷燭光臨帖王羲之菲林係維園文青喇掛
大概唔識分辨魷魚墨魚八爪魚係街市文青喇掛

大概聽 decajoins（唔識讀）MLA 係地下文青喇掛
大概神交黑格爾性惡荼毒白豬文係灣仔文青喇掛

大概傷春夏乏悲秋冬困四季徐志摩係文青喇掛
大概學會腹語術面朝鯨向海春暖花開係文青喇掛
大概嚐過大南街每啖 Cafe 嘅苦係第九味文青喇掛

大概解構悲情城市重建後現代阿飛係文青喇掛
大概日與夜住喺獨立屋望住嘅天水圍係文青喇掛
大概唔媽媽聲打飛機守紅綠燈係文青喇掛

大概或者也許可能應該 maybe 間歇精神病係文青
你罹患牛頭角末期尼采症

荔枝角梅子味
熟成意志の梅酒
擁有酒樽嘅房間
夜係動詞
複製嘅酵母

碩鼠咬你
夢漫長似一則 IG

旁觀的 Activity	修辭的口罩 Facebook	廣告 Highlight	文學性 More

緊急廣播

1

道路係一條影子
踩
　踏
　　　　一百條槍管
　　　　　　　　燃燒嘅影子子子子子子

2

一條大於一百條。

3

一百條人鏈
　　看守
一條罪
　　釋放
　　　一百條索帶

看守

一條焦黑

像槍管的手臂

釋放

一百條淚腺的岩漿

看守

一條牧羊犬

4

叫你一百條道路、真理、生命

落嚟見我哋

要不是藉著一條東江水

沒有人能到父那裡去。

5

撚、秩序與警棍
一百條陽性嘅動詞
深喉我的深喉，學習
支吾以對一切經驗

電視重複牧羊
犬的過程
像淫屄被脫下底褲
一百條不止

6

鋸子的年代
一百條氣根撤回地底

7

臘腸風乾
一條歷史的生理鹽水

　　我
　　們
種下一百條
　　十
　　字
　　架

0

100 條廣播
本站將會關閉
讀者必須馬上離開
馬上

世音電光

電車站

光從缺於塵的典禮
教堂的玻璃，每塊裂痕
捕蛇者說：〈腸仔包〉是蛇語
漫長從缺於霧的道路

我們同修新的隱喻——從缺
還是死亡的進行曲
如杜甫的擴音器從缺
或透明雨衣
在憂傷的枝頭
盛開的橫幅
黃花風鈴木的少年
花期謝別了天台
每個六月如此
浮現夜空的眼睛

我彷彿塗鴉的電車站

從缺於光於塵
於現在不漫長的霧
朋友啊，圖書館有狩獵的季節
噪鶥從缺國宴的營帳
「營釘懸在我們的臉」
長安的朱門從缺
茅屋，我們無不考慮孩子
房屋的結構
秋風與種種盜賊
你卻無法在書枱
偷走我任何詞語的岩石

正因噪鶥從缺動物園
而火光未曾冷靜
在閱讀的眼睛
像我收藏於船底的月亮
攜帶壁爐的胸膛

行走這從缺的世界（試著讚美）

詞語從缺你的手勢
現在打開吧，碼頭
那道舷窗的記憶
礁石的一代
在本體與從缺之間
擺渡遠帆的聲音
詩自動駛向另一首詩
正如你的島嶼
駛向我的

二〇二二・十・二十五

〈腸仔包〉：香港詩人周漢輝詩作。

下架

1

現在為你插播一則新聞
李斯須確保書籍符合

咸陽利益，樓下地盤
敲擊樂我的窗戶

皇陵在頭骨繼續施工
先拼貼，還是先車裂商鞅

難怪那位圖書館管理員
辭職，騎著青牛，沒有護照

去西鐵線的盡頭
——河背把城市下架

他成為赤麂背馱的暮色
或不成為任何意象

2

道德經唔講道、德
唔通講經

一生二
二生十進制

Check 吓 GPT
佢一早知，死未

司馬世侄
咪同咗你講
唔止五千字

唔止五千
唔止字

道同德係兩兄弟
賽先生永遠喺京城

派緊尋親單張
點蠟燭，燒衣紙

有啲經為咗上架，有啲
為上緊十字架嘅人

二〇二三・五・十七

π

人民幣升值了
而人民排著隊進入墳墓
在荒年貶值

美金升值，而美
在拍賣中貶值如初夜

「古典」是一種稀少的金屬
掌握美與人民之間的
熔點，我有憂傷的攝氏度
鑄造詞語，如樂府如絕句如律詩
我懷中的杜甫
通行於現代的失眠
茅屋的美德是詩
是人所鑄造的聲音
一枚時間的硬幣像「π」
　　　　　　拋向月亮

落下的時候

給未來的詩人贖回

長夜，贖回不可數的閃光——

搶掠者

過去是月台的月台是未來的碎石
你是月台的我是月台的你

吳剛是月台的，有聲音
抵達：樹與死亡不是月台的

詞語都碎石都碎石都碎石推著碎石推著西西弗斯
地爆天星，月台是手機的礦場

隧道裡，李賀咳嗽著
推銷驢肉。無人理會尖削的石頭

我搶掠他咳出的月台
跑進，未來的聲音

注：「地爆天星」是漫畫《火影忍者》中的忍術名稱。

共鳴板：致坂本龍一

海水敲出第一粒音的時候
鋼琴以終章回應
點呀老友
你使音樂自由

比海更深
地震、童年創傷與堵路的人
如雲杉木以另一種方式
生長在演奏之中

你撿取一座森林
比海更自由
自由地演奏鳥聲
所有人未曾目見的藍

注：雲杉木用於製作鋼琴內部的共鳴板

木漏共振：電影《新活日常》觀後

1

磁帶在清晨的路上
扭動身體，聲音是紫光
照料你深處所種的

葉影如是，機器的
腹部捨下苦水
你取起，以噴灑陣雨的手
抹拭那被蹲坐的邊緣
你不覺自己的位置
低於蹲坐者

因光穿過樹梢的邊緣
抵達鏡頭，顏色的邊緣
那小說在書櫃的邊緣
給牆壁一個答案

遊戲的邊緣

正如詩有時開始於邊緣
往返在銅管內
潔淨的迴響
你說現在是現在
海與公廁終會合唱的水流
振動彼此的下次

2

你的眼紋裂出
矮房如太陽的眼淚
在新奧爾良的公路上升

在錢湯裡，到了那個年紀
氣泡比水更堅定
溫柔的碎裂

3

影子在樵夫手上遊戲

還是樵夫在影子的手中

領回身體裡的光

喧譁的彗星

4

路心的舞者接近邊緣

像柴與樹木的對話

他背負許多靜默

交通燈下的演員

沒有背誦（動作）：台詞

廿幾年前未排練

母親已經推我埋位第一幕

5

馬桶內的風暴

捲走庸俗

我想起黃燦然

寫風暴後

街道上的那麼多好柴

那麼多人看不見

自己的神祕

與樵夫

6

德州公路

舊西裝在丘陵行走

日子如闊葉植物

選擇接住光的路徑

我摸了摸臉上沙粒的鬍碴

好像曾是一位詩人，準備
失業，在山上，對著夜的世代
夜的臉孔讀詩

然後手指的枕木
接合金斯堡捲好的
被開除的菸葉、詞語
與芝加哥按鈕
我摸摸臉上的夜色
開揚的葉不悲傷
我只是累了

二〇二四．一

《新活日常》（*Perfect Days*）：台譯《我的完美日常》，溫德斯執導，溫德斯、高崎卓馬編劇，役所廣司主演。

炮擊協奏曲：
觀電影《伊尼舍林的女妖》後作

今天的雲，好人與驢屎
島嶼如海水
溶化於自身之中

對岸的炮火聲，政治派系
處決者與被處決者
溶化於自身之中
我身處在話語與寧靜的內戰

而你的話語像砲彈的突然敲門
在我與假面對話的房子
——敲門　敲　門　再敲門　敲門　敲門 敲
敲敲敲敲敲敲敲敲敲敲敲敲高 高 攴 攴 攴 攴 攴 又 又 又 一

一段關係如啤酒的泡沫
而我有多少根手指可以割下
代替語言，或染血的小提琴

向你的房門拋擲

我尚未完成冬日的聲音
那首旋律尚未借取莫札特的手指
直至驢子因錯吃斷指而死亡
你把稻草、火焰與憤怒
堆疊在我的周圍
懸掛的假面們，開始像蠟燭哭泣
我在房子燃燒的內疚中
坐著，吸進菸草與寧靜

感謝你照顧牧羊犬，我的舞伴
海的憤怒與島嶼和解
於是沙灘出現了
一種生之寧靜
在黑夜的面紗裡
巫婆像後設的觀眾

坐於懸崖邊緣，船隻
開往語言所不能抵達的地方

（散場後……）

我尚缺面海的房子
一個摯友，五隻斷指的協奏曲
與炮擊聲的時差為敵
內戰寫神話的手掌
直至焦慮溶化於夜空
無處不在

晚禱

轟炸機像烏鴉徘徊，彷彿在找回甚麼

餐桌前，父母闔眼祈禱，念誦著
我把死亡的果醬塗抹在麵包，像一塊城市

後花園的鞦韆上，孩子抬頭，指著時代的
黑夜大叫：「那裡，一隻鐵鳥」
一陣閃光的雨掠過，那是我的前半生

本能・寺之變

遠方的彈片取代武士
點燃更多狹廊的頭顱
一個嬰兒或曾從腹海中探出
他的頭顱

我只能寫作與慚愧於心室
律動像讀報的燈火澄靜
有些眼神寫滿我無法修辭的遺書
他們才是有血肉的作者

菩薩在火海裡游泳
像一個戰地記者

公園

一開始，你在電視機前守備
像自己的兒子半身淹入墓地
咒罵火焰，或祈禱結束

在你乾淨的房子床骨
的黑土為每次肉與肉的撞擊
發自內心地顫抖著
防線崩潰，終於導彈
命中防空洞的潮濕
新聞預報下次雲雨的時間
葡萄的血液在餐桌埋伏

週末，母親們在公園談論
升學計劃，孩童模仿死亡的遊戲
躲避速度——而不是恐懼本身
追逐者結束遊戲，被追者復活，然後回家

砲彈的玫瑰
在我們的公園絕種
嚴肅的是，工作上的敵人
如何升職加薪，去羅馬旅行
那處的廢墟依然被風擊穿
石柱的陰影
　　　　棕櫚樹的根據地
　　　　　　　　教堂的鐘聲
——辯論各自的距離

有的國境出口棕櫚的血
有的進口燈具集體沉默的公寓群
於夜裡公園進口無人餵飼的家貓進口死亡的根莖
麥田在風中離開鋒利它們曾經畏懼的
棕櫚樹堅持自己腳底的根據
是的，根據在土裡。死者也是
比電視機與鐘聲沉默的聲音

在國境之下

雨水又空襲了你的屋瓦

二〇二三・二・二

寫於烏克蘭戰爭一週年之際

彌撒曲

1

他熱愛黑眼圈與過勞死
家屬熱愛賠償單上的數字

2

雨季熱愛從天而降
不理會土地是否接納

菜園熱愛推土機的生長
收成了鐵路

島嶼熱愛填海
去親近一座城市

白海豚熱愛失去
觀光船的熱愛

3

不要孩子憎恨俄文

也不要熱愛套娃、收割頭顱如小麥的手臂、血釀的伏特加。

一隻無知的黑貓在窗戶守候

他的主人，他的主

4

帳篷與雨傘熱愛張開

熱愛抵擋其實也不。也不

子彈熱愛聆聽

學生的心聲

新聞熱愛弓箭

多於箭袋

詩熱愛玫瑰沒有理由而拒絕詩人
與城市的異熟因

神父禱告
死亡熱愛讓他禱告

你熱愛，便不需要懺悔你的熱愛

我熱愛火舌與水炮
熱愛別人憎恨的聲音

一如噪鶥站在
死者的頭上打字

二〇二二

Masala chai

下午在深水埗散步
咖啡店的一面玻璃
淺焙落地的陰影
沒有供應落地的炮彈

總有南亞小鋪
我從肉桂的手臂上
接過熱茶，在公園
的樹蔭下想像如何搗碎
如何 Masala 槍管般的
丁香，生薑如霧辛辣
卻與青砂仁、胡椒、茶樹
建築了一間民族的診所

歷史選好日子，印裔士兵
如水牛奶，離開母親的牧場
日落者 Order 青年到遠東

摘取茶葉以外的頭顱
或被地底的雷聲摘取
黃昏低吻碑石上的兩個年份
一枚勳章與月色
被宇宙史遺忘

濕婆在水吧裡
攪拌家屬眼中的河流
每日熬煮新鮮而配方
重複的戰事，祂的奶茶
死者如香料揮發
那爐上的霧氣
倖存者只能撥開而穿越一次
如哀歌只唱一次或無數次
回歸故鄉，睡在茶樹
的影子之中

胡椒與生薑的奶茶
舌苔上某條鋪展
不屬於夏慤的路徑
帳篷裡沒有上將
一輛車洗街如茶壺燙手
面具般的茶袋
滲漏水燒的年輕表情

我尚未去岡仁波齊轉山
苦行，清洗汽油般揮發的名字
有人被迫以號碼作為身份
的石頭推上懸崖
代替我在雪山轉經
爛膝上蟬衣，濕婆在水吧裡狂笑
如暴風雪中的粒子向我吟誦
你們的苦河尚未乾涸
這是你應得應日飲

應咀嚼如儀應崇敬的永遠雪國
子彈與歷史的閃電
命中你——灼熱的尚未搗碎
香料行罐中，待售的倖存者
你要在地鐵的嘶叫
金屬裡，永遠被世界
被茶匙的恐懼
攪動像奶茶的風眼
旋轉自己的旋轉
挖掘喉中棄置的現場
語言如 First Aid
與苦難的果核

果核失去價值以後
茶渣一般書寫
沖茶的自傳
手沖咖啡店外

有男人蹲身挖掘垃圾箱
的棄置物，分工明確
我挖掘我的

注：

1. Masala chai：香料茶，具藥用價值。「Masala」常見於印度菜與印度奶茶，泛稱一種由多種香料混合起來的調味料。
2. 青砂仁：指印度小荳蔻（cardamom），在香港香料鋪稱為「青砂仁」。
3. Order：一九四一年香港保衛戰中，第七拉吉普團第五營印裔 Nawaz Khan 上士奮戰而犧牲，獲英國追頒印度功績勳章「Indian Order of Merit」。

在路燈下讀野蠻詩

抬頭是黑暗，閃爍
——像鑰匙進入與抽身

後記

拉弓定神的牲人

之前

不被理解是怎麼一回事？就如猿人進化前，雪地無端生成的火。在這個世界，我感受到自己是那種隨時會滅熄、不被生火者甚至焰群理解的焰氣。

對我而言，後記比詩更難書寫：等於習慣了暴烈歪曲褻瀆地說話，要從薩滿的思維抽回現實較穩定的肉身與邏輯，竟難以縫補自身的斷裂感。

「阿修羅」是最具爭議最複雜的佛教形象：是神族，也在六道沉淪。如神，似鬼。另一邊，結合猶太神學與唯物哲學的本雅明，提出「彌賽亞時間」，認為每個人都有微弱的彌賽亞氣息。「阿修羅時間」不單脫胎自前者，更反思我有生以來——恐懼、憂鬱、暴怒、悲憤、癲狂、哀慟的複雜時刻。所有表面上新穎而具價值的概念，都是通靈傳統後的迴響。

每個人「阿修羅時間」的成分與密度都不同。我只能檢視其中一塊塊我，我受各種情緒洗滌、煉冶，受現實的各種瀑流擊穿鑿爛碾碎，如穿堂風。瀑音（迴響）像心中不定時的列車廣播，提醒我過去六年不斷回溯的「元時間」。我相信這本詩集，不會如電燈按鈕一般，能結束或暫停這個系統，也未至於超越它。

之中

我憶起中學加入射箭隊的日常——練習中的我調整呼吸，踏小步旋即拉臂張弓，定睛凝神，面對的那一塊藤靶，貼著五色靶紙，而我的意識竟似那支木弓上的箭矢，總是自動回歸早已命中的原點，總是無誤地折返阿修羅的「當下」。我初學，只能使用木弓練習。

詩之集，便應如萬念歸一的飛行記錄器，應由一見萬念。

然而，詩人必要面對的課題是語言：以精準的手勢喚醒那曖昧的靈光、機鋒。我一邊學習在夜中瞭望，如特朗斯特羅默與王維，觀看物事與自我，接近那幾近不可言說的真實；另一邊，又學習策蘭、金斯堡覺知官方語言、書面語言等濫調，也是思想裡的濫調與離地表達。當然，古典詩詞尤其宋詞影響我如地核深祕。要知口語書寫並非為了達致新奇的感覺。語言不單只是形式、方法，更是內容：精準、當下、本土、身體、「我」的表達。

語言的前鋒、創新並不代表拒絕理解傳統。詩人艾略特生於美國，深愛歐洲古典語言，反感惠特曼宏大的詩風。他在詩裡，回應前人的聲音（脈絡），也轉化傳統為自己的語言手勢。實際上，這種轉化需要對傳統與當下有深刻、準確的理解。稍一偏頗，便會脫靶。弓與箭隨著科技進步，材料一直衍生變化，也與以往狩獵、戰爭等目的不同。

語言是我的血與骨，我的第二母親與神。一如石匠與雕塑家的分別，我在創作時只求全心全意。拉弓一般感受風速，感受石塊至山體那線條，那情感，慎微處理詞語與意義，如削肉還母，外顯為有細節的臉孔。後來發現，是弓拉動我。

我眼中的好詩都如醜橘子，剝開它的皮相，會發現詩心——金蜜與靈光。希望一切橘肉都有舌頭去讀，去品嚐，去再渴求。

之後

感謝曾指導我的何梓慶老師，你剖析的經典為我開門即見山，少走了許多創作的歧路。感謝鼓勵過我的陳子謙老師，你的詩與文學觀都啟發了我。而我深深知道自己，不是最有天分的那位同學。

感謝那幾年，沛峰、阿量、阿 wing、阿灰、黃敬、駿霆、創榮，我們一起閱讀，一起寫作，一起遊山，在簷下避鴨川那天的急雨，也試過在我城踏火。感謝天林的扶掖，阿餅的鞭策，荔枝的引薦，也幸曾與各類創作人交流切磋，特別是同代的頑石。

這本詩集或未能適合所有讀者的口味，感謝木馬文化、及身兼眾職的編輯瀅如，如產前醫生，如動刀醫生，如陪月保母照顧我的性命所在。我欣賞的台語嘻哈歌手阿跨面——南部囝仔、藍白拖少年在歌詞裡寫過：「我勇敢拍拚煞一直和成功相閃（我努力打拚卻總與成功擦身而過）。」至少在這裡，我與文字與詩不會相閃。

感謝賜序或推薦語的各位作家，相信我這後生，相信我的字。在艱彌厲，願你我文火長燃。

感謝 Jamie，這些年遇見的所有人。感謝母與父，原來三歲定八十。感謝自己，雖餒不棄，詩裡見。

阿修羅時間

作　　者｜王兆基

副 社 長｜陳瀅如
總 編 輯｜戴偉傑
責任編輯｜陳瀅如
行銷企畫｜陳雅雯、趙鴻祐、張詠晶
裝幀設計｜IAT-HUÂN TIUNN
內文排版｜Sunline Design
印　　刷｜漾格科技股份有限公司

出　　版｜木馬文化事業股份有限公司
發　　行｜遠足文化事業股份有限公司（讀書共和國出版集團）
地　　址｜231023 新北市新店區民權路 108-4 號 8 樓
電　　話｜02-2218-1417
傳　　眞｜02-2218-0727
客服信箱｜service@bookrep.com.tw
客服專線｜0800-221-029
郵撥帳號｜19588272 木馬文化事業股份有限公司
法律顧問｜華洋法律事務所　蘇文生律師

初版一刷｜2025 年 6 月
定　　價｜NT$380
I S B N ｜978-626-314-837-6（平裝）978-626-314-839-0（EPUB）

版權所有，侵權必究。本書若有缺頁、破損、裝訂錯誤，請寄回更換。
【特別聲明】有關本書中的言論內容，不代表本公司／出版集團之立場與意見，文責由作者自行承擔。

國家圖書館出版品預行編目 (CIP) 資料

阿修羅時間 / 王兆基著 . -- 初版 . -- 新北市 : 木馬文化事業股份有限公司出版 :
遠足文化事業股份有限公司發行 , 2025.06　　192 面 ;　14.8×21 公分
ISBN 978-626-314-837-6(平裝)　　851.487　　114006874